AF384544

ESSAI
D'UN CHANT
DE
LA LOÜISIADE,
POËME HÉROÏQUE.

Par M. PIRON.

A PARIS,

Chez PRAULT fils, Quai de Conty, à la Charité.

M. DCC. XLV.

AVEC PERMISSION.

ARGUMENT.

DÉPART de *LOUIS.* Colére de Vénus. Jalouſie de Mars. Il protège les Anglois ; & Pallas, les François. Portrait du Maréchal-Comte de Saxe. Premiéres Armes du DAUPHIN. Journée de FONTENOY. Deſcente de Grammont, & de pluſieurs autres, aux Champs Elizées. Inquiétude de LOUIS XIV. Stratagême de l'Amour pour appaiſer Vénus. Péril où ſe trouve LOUIS; ſa Fermeté. Apparition de la FRANCE, & ſon Diſcours aux François. Belle & noble Ardeur du DAUPHIN. Victoire. Lutteaux en porte la nouvelle à LOUIS XIV. Vénus ordonne des Fêtes triomphales.

ESSAI
D'UN CHANT
DE
LA LOÜISIADE,
POËME HÉROÏQUE.

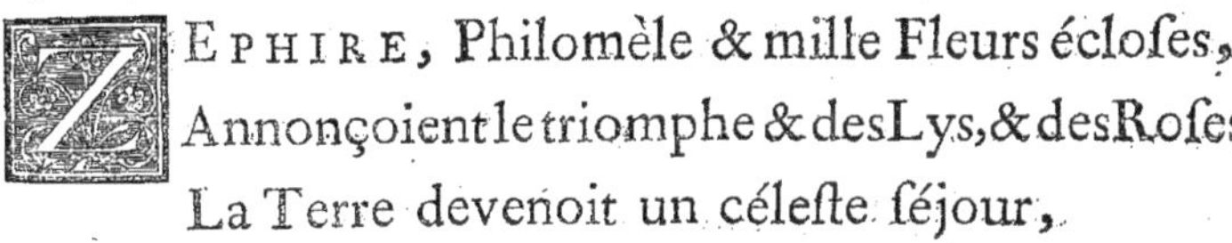

ZEPHIRE, Philomèle & mille Fleurs éclofes,
Annonçoient le triomphe & des Lys, & des Rofes;
La Terre devenoit un célefte féjour,
Qu'ufurpoient les Plaifirs, la Molleffe & l'Amour:

A

Bellone, en paroiſſant, bientôt les met en fuite ;
Elle a la Renommée & la Gloire, à ſa ſuite :
L'Honneur, au loin, repouſſe & les Ris, & les Jeux ;
Et ſeul, ſe fait entendre aux Eſprits courageux.

DE ſes Adorateurs, Vénus abandonnée,
Des Soucis dévorans, demeure environnée ;
Et de ſes yeux baiſſés, dont le feu s'aſſoupit,
Laiſſe tomber des pleurs, qu'arrache le dépit.
Ce dépit orgueilleux reprochoit à ſes charmes,
Le départ de LOUIS, qui vole au bruit des Armes ;
Qui voüe à la fatigue, au travail, au danger,
Des jours qu'Elle & l'Amour prétendoient partager.
Ce Héros leur échappe ; Il eſt tout à Bellone :
Et la Reine des cœurs, ſi LOUIS l'abandonne,
Craint de ne plus avoir, ici-bas, qu'un vain nom.
Le refus de la Pomme, offenſa moins Junon.
Quoi ? dit-elle à ſon Fils, ma ſuperbe Rivale
Aura vû, ſous nos loix, Hercule aux piéds d'Omphale !
Pour un aimable objet, arraché de ſes bras,
Achille inconſolable aura fui les Combats !
Que dis-je ? A notre Char, Mars enchaîné lui-même,

Mars aura signalé notre pouvoir suprême !
Et L O U I S , de la Guerre , à mes tendres faveurs ,
Auroit impunément préféré les horreurs ?
Ah ! si , sur cet Ingrat , je ne fais un exemple :
Plus d'offrandes bientôt,plus d'encens dans mon Temple !
Son Fils même déja , contre nous , révolté ;
Son Fils , unique espoir qui nous étoit resté ,
Cette Tête si chére , encore à peine ornée
De nos Myrtes mêlés aux fleurs de l'Hyménée ;
Son Fils nous fuit , l'imite , affronte le trépas !
Il le voit , le permèt , & seul n'en frémit pas !
Un courage si rare , est digne qu'on l'éprouve :
Il cherche les dangers : que par tout il en trouve !
Bellone , en l'enlevant , songe à nous outrager ;
Que Bellone , elle-même , aide à nous en venger.

E L L E dit. Cupidon lui soûrit , & l'embrasse.
Les Cygnes fendent l'air ; ils volent vers la Thrace :
Là , le Fils de Junon , Mars a , sous des Lauriers ,
Ses Tentes , ses Autels , son Char & ses Coursiers.
Sa Mere ambitieuse , en l'armant du Tonnerre ,
Le rend , plus que jamais , redoutable à la Terre ;

[4]
Faveur, qu'elle obtint moins d'un foible & tendre Epoux,
Que d'un Juge équitable, irrité contre nous.

A de rians objets, Vénus accoutumée,
N'entend là que le bruit de la foudre allumée,
De cette foudre, à Mars, inconnuë autrefois,
Et l'organe aujourd'hui, des Tyrans & des Rois.
Elle ne voit par tout, que cette pompe affreufe,
Qui charme, qui remuë une ame belliqueufe ;
Qu'Etendarts déchirés, que Fer étincelant ;
Et n'ofe, fur ces bords, défcendre qu'en tremblant.
Elle y peut toutefois, défcendre en Souveraine :
Dans Amathonte même, elle feroit moins Reine :
D'un bout du Monde à l'autre, où ne l'eft-elle pas ?
Le Dieu farouche accourt au-devant de fes pas.
Elle en reçoit l'accueil, avec cet air aimable,
Qui jadis lui rendit Pâris fi favorable.
Si jamais j'ai, dit-elle, eu quelques droits fur vous ;
Si, me plaire, en eft un dont vous foyez jaloux,
Vengez-moi d'un Mortel qui, m'ofant méconnoître,
Donne atteinte à ma gloire ; à la vôtre peut-être,
Puifque rien ne retient fon héroïque ardeur,

Et qu’on l’égale à vous souvent, pour la valeur.
C’eſt.... Ah ! c’eſt des François le Démon tutélaire !
Interrompit le Dieu tout boüillant de co[é]re ;
Je reconnois L O U I S, à la rivalité :
Que l’on nous reconnoiſſe, à l’inégalité !
De qui, plus que de moi, mérite-t-il la haine ?
Peut-être j’aimerois ſa valeur plus qu’humaine ;
Mais, qui ne ſçait où tend cette étrange valeur ?
C’eſt au titre odieux de Pacificateur.
C’en eſt trop ! Qu’Albion nous venge & l’humilie !
Qu’il apprenne, aux dépens de ſa gloire avilie,
Qu’un Mortel me voudroit balancer vainement ;
Et vous peut, encor moins, déplaire impunément !

F U R I E U X, à ces mots, ſur ſon Char, il s’élance ;
Le dégât l’accompagne, & l’effroi le devance :
Le feu, le ſang, la cendre, & tout droit violé,
Tracent la route affreuſe, où le Char a volé.

S U R les bords de l’Eſcaut, le Dieu cruel arrive.
Glorieux, il y voit, ſur l’une & l’autre rive,
De ſon art deſtructeur, l’ingénieux progrès,

Et d'un maſſacre aiſé, les foudroyans apprêts.
Au pied des murs fumans d'une Ville attaquée,
Ici, pour un aſſaut, l'heure eſt déja marquée :
Là, pour une Bataille, entre les deux Partis,
Le terrain ſe meſure ; & les poſtes ſont pris.
Du côté de Ceux-ci, qu'arme un noble courage,
Flotte, au gré des Zéphirs, le Lys d'heureux préſage ;
De l'autre ; une Furie, élevant ſon flambeau,
Oppoſe, à nos trois Fleurs, ſon horrible Drapeau.
Sous ce Drapeau funébre, Albion raſſemblée,
Pour une belle ardeur, prend ſa raiſon troublée :
Deux reſſorts font mouvoir ſon triſte Citoyen :
La ſoif de notre ſang ; & le mépris du ſien.
De cette horrible ſoif, difficile à s'éteindre,
Naît la témérité, qui rend le foible à craindre ;
Qui, cachant le péril, y tient lieu de valeur ;
Et, ſans faire un Héros, fait ſouvent un Vainqueur.
Voilà les inſtrumens de haine & de vengeance,
Que, de Mars en courroux, cherche l'impatience.

La préſence du Dieu de ces Guerriers fougueux,
Son eſprit, ſa fureur ſe fait ſentir en Eux.

Dans l'ame de leur Chef, la brillante chimére,
L'aveugle ambition fe joint à la colére.
A la noble fierté du jeune Cumberland,
La Gloire offre un objet bien flatteur & bien grand :
Les François, à combattre : & LOUIS, à leur tête.
Cumberland ceint déja le Laurier qui s'apprête.
Phaëton reffentit un mouvement pareil,
Au moment qu'il s'affit, dans le Char du Soleil ;
De l'Univers alors, il fe crut la Lumiére.
Combien ont, comme lui, bronché dans leur carriére !
Voulant voler trop haut, nous nous précipitons.
Comme Phébus enfin, Mars a fes Phaëtons.
Ce Dieu qui le protége, eft un Dieu redoutable.
Mais qu'importe aux François, quand, du Ciel équitable,
Celui qui les commande, a mérité l'appui ?
LOUIS veille fur Eux ; & l'Olympe, fur Lui.

LA vaillante Pallas, en Guerrier, transformée,
Opine en fes Confeils, agit dans fon Armée ;
D'un parfait Capitaine, iffu du fang des Rois,
De MAURICE, Elle emprunte & les traits, & la voix.
L'ame du fier Saxon, l'ame du grand Maurice

[8]

Réunit les vertus & d'Ajax, & d'Ulyſſe;
Prévoyant les périls, elle ſait y pourvoir,
Comme elle ſait braver ceux qu'on n'a pû prévoir.
Des avis qu'il propoſe, & que LOUIS balance,
Naiſſent l'ordre, l'eſpoir & la mâle aſſûrance.
Que la Mort s'offre aux yeux, dans toute ſon horreur !
Sous LOUIS & Maurice, on méconnoît la peur.
Favoriſé des vents, ſous un Pilote habile,
Tel eſt, ſur l'Onde amére, un Paſſager tranquille;
Rocher, tempête, écueil, rien ne peut l'effrayer;
Il a, pour lui, Neptune & l'œil du Nautonnier.

LA Nuit qui précéda la fatale Journée,
A la gloire, à la honte, au meurtre deſtinée;
La ſombre nuit avoit ſuſpendu les travaux.
Le Sommeil s'envoloit; & de ſes doux pavots,
Deja plus d'un Guerrier debout & ſous les armes,
Pour la derniére fois, avoit goûté les charmes:
Impatient déja, le Squelete inhumain
Voltigeoit, un Laurier & ſa Faulx, à la main:
Quand de l'Aſtre du jour, parut l'Avant-Couriére.
Du Cirque redouté, Mars ouvre la barriére.

Et

Et, du bruit des Canons, le menaçant éclat
Annonce, en même temps, le jour & le Combat.

Comme, aux premiers rayons de la brillante Aurore,
On voit le noble Oiseau, que le François arbore,
Lever sa tête altiére, &, se battant les flancs,
Défier au combat, ses Rivaux vigilans :
Tel, à ce premier bruit qui frappe son oreille,
Les armes à la main, le François se réveille,
Forme aussi-tôt son front, ses lignes & ses rangs ;
Et s'apprête à marcher, sous cent Chefs différens.

O que d'illustres Noms, consacrés à la gloire !
Gravons-en quelques-uns, au Temple de Mémoire ;
Attendant que bientôt, vainqueurs du temps jaloux,
Nos Fastes triomphans les éternisent tous.
D'Eu, Penthievre, Harcourt, Gallerande, Tonnerre,
De Pons, Danois, Thomond, Baviere, D'Aubeterre,
Beranger, Lowendalh, Chabannes, Langeron,
Du Chaila, Chabrillant, Brancas, Croissy, Biron...
Qui pourroit les nombrer, les Héros de tout âge,
Que l'Escaut voit alors armés sur son rivage,

[10]

Et prêts, dès que de Mars la voix s’eſt fait oüir,
Les uns, de commander; les autres, d’obéir?

O Reine! O Mere! O vous, chére & nouvelleEpouſe!
O France! O Peuple heureux dont l’Europe eſt jalouſe!
Quel ſpectacle eut-ce été, pour vos yeux attendris,
Que le Monarque alors, lui-même armant ſon Fils?
De cet unique Fils, ſi digne de ſa Race,
LOUIS, de ſa main même, attache la Cuiraſſe;
Et, ſourd au cri du ſang, qui s’éléve en ſon cœur,
D’un Fils ſi précieux, échauffe la valeur.
O glorieux Emploi d’une Main paternelle!
De leçons, pour les Rois, quelle ſource éternelle!
Pour nos braves Guerriers, quel exemple attrayant!
Et, pour nos Ennemis, quel augure effrayant!

DES mouvemens, de l’ordre, obſervés dans la Lice,
Muſe, ne tentons pas une pénible éſquiſſe;
Le Parnaſſe admet peu ce Détail & ces Plans.
CES Poſtes retranchés, & flanqués de Volcans;
Ces Aîles & ce Centre étendus dans les Plaines;
Ces Evolutions, ces Attaques ſoudaines;

[11]

Tout ce fier appareil, pour se dépeindre bien,
Veut les termes d'un Art trop différent du tien.
Laisse aux Enfans de Mars, à parler son langage.
De ce Dieu seulement, trace-nous une image;
Dis-nous, de sa fureur, quelques funestes coups.
Par un de ses excès, nous les connoîtrons tous.

IMPÉTUEUX, il tonne; &, hâtant sa vengeance,
Il appelle, à grand bruit, Cumberland qui s'avance;
Et qui donne, à son tour, en ce moment fatal,
Par un silence affreux, un plus affreux signal.
Des Postes avancés, qui foudroyoient sans cesse,
Albion, par trois fois, veut se rendre Maîtresse;
Autant de fois, Choiseüil joint à Lavauguyon,
Fait, de ce premier pas, repentir Albion.
Elle en vain, de son sang, voyant rougir la Terre,
Toute entiére, en un Corps, s'amasse, se resserre,
Marche & contre LOUIS, tournant tout son effort,
Vient donner, de plus près, & recevoir la Mort.

L'ESCAUT, réfugié dans sa Grotte profonde,
Du feu de mille Eclairs, voit resplendir son Onde:

Le Fer, le Plomb rapide, invifible & mortel,
Fait, aux Dieux Infernaux, de la Terre, un Autel,
Où tombent immolés, nos Guerriers magnanimes.
Du plus faint des devoirs, glorieufes Victimes;
Victimes, dont le fort, envié des grands Cœurs,
Mérite plus, cent fois, notre encens que nos pleurs.

DIGNE des hauts Honneurs, où fa grandeAme afpire,
Grammont, le premier tombe; & le premier expire;
Pour fa noble Maifon, fatal & beau Laurier!
Il fait reffouvenir que du Rhin, le premier,
Un Grammont, vers Tholus, atteignant le rivage,
Le premier, fignala ce merveilleux paffage,
Où, d'un autre LOUIS, l'exemple courageux,
Au mépris des périls, inftruifoit fes Neveux.

GRAND ROI, dont on ne peut trop honorer la cendre,
Si triomphant jadis! Pere jadis fi tendre!
Et qui, du même efprit, ès fans doute animé
En faveur de ta France, & de Son BIEN-AIME';
Invincible LOUIS! Prince, à qui notre gloire
Eft chére encor, autant que nous l'eft ta mémoire!

[13]

Quelle fut ta douleur, dans ces Champs fortunés,
Qu'aux Héros vertueux, le Ciel a deſtinés,
Quand tu vis, ombragés d'une Palme pareille,
Déſcendre, après Grammont, Craon, Eſcher, Oneille,
Saumery, Chevrier, Longaunay, Marclezy,
Cliſſon, Langey, Dillon, Dubrocard, & Suzy?
Tant d'autres moins connus, non moins dignes de l'être,
Qui venoient d'expirer, ſous les yeux de leur Maître,
Et ne regrettoient rien, en vrais Héros François,
Que de n'être pas morts, pour Lui, plus d'une fois.
D'une Tête ſi chére, & qui reſte expoſée,
L'intérêt précieux les ſuit dans l'Elizée;
Ils s'y plaignent qu'ils ont, aux Champs de Fontenoi,
Laiſſé, parmi les Leurs, le déſordre & l'effroi.
Libres du voile épais, dégagés des organes,
Qui cachent le Tartare & l'Olympe aux Profanes,
Ils ont vû les Auteurs d'un revers ſi cruel,
D'un prodige ſi rare & ſi peu naturel.
Ils ont vû l'Euménide & le Dieu de la Thrace,
D'Albion relever, & ſeconder l'audace;
Former, ferrer, guider ſes Bataillons nombreux;
Et, dans nos premiers Rangs, faire un carnage affreux.

Ils ont vû, de leur Roi, ce cruel Adverfaire,
Diriger contre nous, de fa main fanguinaire,
Tous les traits qu'au hafard, la flamme avoit lancés,
Ou que la Rage aveugle avoit mal adreffés.
De Ceux qu'il a frappés, & qu'épargne la Parque,
Ils défignent les Noms & les rangs, au Monarque :
Eloge, pour Eux tous, bien flatteur & bien pur !
Ils nomment Duguefclin, Monaco, Puifégur,
D'Havré, D'Ailly, D'Apchier, Debonnaire, Méziéres,
Saint-George, Saint-Sauveur, La Peyrouze, D'Olliéres,
Rouffet, Rigal, Hébert, Champignel, Mannery,
Refuveille, Villars, Gault, Magniere, Guiry,
La Serre, D'Efcajeuls, Pujol, Crenay, Bombelle,
Du Breüil & De Guerty…. mille autres, dont le zéle
Et la valeur infigne ont, comme Eux, mérité
L'eftime de leur Prince, & l'Immortalité.

LOUIS, le cœur atteint des plus vives alarmes,
A peine à retenir fes foupirs & fes larmes ;
Sur-tout, de ces Premiers, tombés en combattant,
Voyant croître, à grands flots, le nombre, à chaque inftant :
Juftes Dieux ! s'écrie-t-il, à quel terme funefte,

[15]

Touche, de tout mon Sang, le déplorable Reſte ?
Sont-ce là les Deſtins que vous m'aviez promis ?
Sauvez mon Succeſſeur, ſes Peuples & ſon Fils !
A ces mots, il fuyoit vers les Bois les plus ſombres,
En détournant les yeux, de ces illuſtres Ombres,
De peur que, tout-à-coup, Victime enfin de Mars,
Ou le Pere, ou le Fils ne frappât ſes regards.

O Vénus ! c'eſt aſſez, & de ſang, & de larmes !
Voudrois-tu, contre nous, & pour venger tes charmes,
Faire ce que Junon, pour l'intérêt des ſiens,
Si long-temps, malgré toi, fit contre les Troyens ?
Souviens-toi qu'un Mortel, au piéd de leurs murailles,
T'oſa bleſſer toi-même, & le Dieu des Batailles ;
Que le Fils de Tydée eut Junon pour appui ;
Et que notre Monarque a Minerve pour lui.

De ces illuſtres Morts, de ces Ombres guérriéres,
Telles étoient encor, la plainte & les priéres ;
Cependant Cupidon les avoit prévenus :
Et déja s'apprêtoit à déſarmer Vénus.
Entre mille autres Jeux de ſa maligne enfance,

Il aime à renverser les projets de vengeance,
Après s'etre lui-même efforcé d'allumer
Le courroux imprudent qui pousse à les former.
C'est ainsi que d'abord, il avoit de sa Mere,
Avec un faux soûrire, approuvé la colere;
Et que, pour voir cesser, tout-à-coup, sa rigueur,
A la derniére épreuve, il veut mettre son cœur.
Que faisons-nous, dit-il, dans ces Isles désertes,
Dont le calme ne sert qu'à rappeller nos pertes?
Qu'y faisons-nous, tandis que le Dieu des Combats,
Venge, en Rival heureux, ma gloire & vos appas?
Peut-être, en ce moment, notre Ennemi succombe;
Peut-être, aux piéds de Mars, en ce moment, il tombe.
Quel triomphe pour nous! Partez! Allez joüir
Du plaisir que ce Dieu prend à vous obéir.
Vénus épouvantée, à cette affreuse image,
Se jette sur son Char, qu'envelope un nuage;
Laisse les Mers sous Elle, & découvre bientôt
Les Champs que, de son cours, fertilise l'Escaut.
Bientôt, du haut des Airs, & du Char invisible,
La Déesse domine, & voit la Plaine horrible,
Où Bellone, à son gré, tient depuis si long-temps,

Entre

Entre les deux Partis, la Victoire en suspens.

Les Epics., en Eté, sous la main qui moissonne,

Les feüilles, à la fin du pluvieux Automne,

Et les Fleurs d'un Printemps, des Vents, persécuté,

Tombent; couvrent la Terre, en moindre quantité:

De Morts & de Mourans, la Campagne est jonchée;

La Nature en gémit; Vénus en est touchée.

Des feux dont l'air est plein, ses beaux yeux ébloüis,

Craignent de rencontrer, & rencontrent LOUIS.

Eh! qui dans le danger, se rend plus remarquable?

Elle apperçoit LOUIS! LOUIS, ce Prince aimable,

Si Grand, si digne en tout, de ses Prédécesseurs,

De l'Empire des Lys, & de celui des cœurs!

LOUIS, malgré l'Eclair qui, de près, le menace,

Conservant, sur son front, cette tranquille audace,

Cette sérénité d'une Ame toute à soi,

La marque d'un Héros, d'un Grand Homme, & d'un Roi.

Tel enfin, qu'il sembloit, d'Albion déchaînée,

Dans ses puissantes mains, tenir la destinée,

Sûr que le Ciel est juste; & qu'au dessus du Sort,

Le Guerrier le plus sage, est toujours le plus fort.

C

En le confidérant, la Déeffe irritée,
De mouvemens divers, fe fentoit agitée;
Mais renduë à foi-même, & fe confultant mieux,
Elle eut bientôt pour Lui, notre cœur & nos yeux.
Mars doublement jaloux, jure alors fa ruïne.
Déja brille le feu du coup qu'il lui deftine :
Vénus ne pouvant plus garantir le Héros,
Jette un cri douloureux : & revole à Paphos.

Moins tendre & plus tranquille, Elle auroit vû l'Egide
Couvrir, en ce moment, le Monarque intrépide;
Et faute encor de voir le Bouclier Divin,
Mars, tenter mille efforts; & les tenter en vain.
Par ce prodige heureux, Pallas enfin commence
A lui faire fentir & craindre fa préfence ;
Dès long-temps, Elle eût pû terminer le combat;
Mais l'honneur du Triomphe en eût eu moins d'éclat.
Dans l'ame du Saxon, l'invincible Déeffe
Répand donc & fa force, & toute fa fageffe :
Elle fait plus pour Nous; Elle infpire à LOUIS,
La recherche, l'ufage, & le choix des avis;

[19]

Ineſtimable don qui, ſous le Diadême,
Eſt le dernier effort de la Sageſſe même.
Vas vaincre, lui dit-elle ; achève d'arracher
Le Laurier épineux, que je t'ai fait chercher.
A ces mots, la ſuperbe & terrible Amazone,
Découvre, aux yeux de Mars, & l'Egide, & Gorgone :
Il fuit ; Il eſt ſuivi de l'aveugle Fureur ;
Et le Champ reſte libre, à la ſimple Valeur.

Des généreux François, dont elle eſt le partage,
Une autre Déïté hauſſe encor le courage.
Celle de qui nous vient notre Nom glorieux,
L'Objet de leur amour ſe préſente à leurs yeux.
Nymphe à demi vétuë ; & nuë avec réſerve,
Seule, elle repréſente & Vénus, & Minerve.
Son Vétement d'Azur, eſt parſemé des Fleurs,
Que fait éclater l'Or, ſur nos Drapeaux vainqueurs.
L'Image de LOUIS, ſur ſon cœur, eſt empreinte.
Dans ſes yeux maternels, l'inquiétude eſt peinte.
O vous que, dans mon ſein, j'ai pris ſoin de nourrir !
François ! s'écrioit-elle ; il faut vaincre ou mourir !
Ma Rivale inſolente approche & vous mépriſe !

Sur mon Trône, Albion déja se croit assise :
LOUIS, son Fils & Moi, nous sommes en danger !
Allez donc nous défendre, en courant vous venger.
Frappez ! LOUIS vous voit : & Moi, je vous contemple !
Voilà son Fils qui s'offre à vous donner l'exemple ;
Triomphez ! ou mourez pour ce Roi, pour son Fils !
Je ne vous reconnois, pour les Miens, qu'à ce prix !
    La Nymphe espéroit tout ; & n'y fut pas trompée.
Le jeune & vaillant Prince, élevant son épée,
D'un geste militaire, appuyoit ce discours ;
Et les François, à peine, en supportent le cours.
Chaque mot prononcé, devient un trait de flâme,
Dont cette Voix sacrée a pénétré leur ame :
Chaque Soldat ressemble au Lion rugissant.
Sur-tout, de ces Guerriers l'Elite, en frémissant,
Se lâsse de subir la rigueur obstinée
De l'ordre qui retient sa valeur enchaînée.
Marchez ! leur dit LOUIS ; & soyez satisfaits !
Maurice vous appelle ; & je vous le permèts.
Un éclair est moins prompt ; la foudre, moins rapide.
Créquy vole ; & suivi de sa Troupe intrépide,
Fond sur ce vaste Corps, dont le front & les flancs

[21]

Couvroient de feu la Plaine, & ravageoient nos Rangs.
Ce feu mortel augmente, & ne se fait plus craindre :
C'est l'Ethna vomissant qu'un Torrent vient éteindre :
C'est une Tour, des Flots, long-temps battuë en vain,
Que heurte un Ouragan, & qui s'écroûle enfin.
Lowendalh te seconde, Escadron redoutable,
Qu'a célébré la voix de ton Maître équitable !
Montesson t'accompagne, amenant avec Lui,
Du Trône & de nos Camps, l'ornement & l'appui :
D'une pareille ardeur, ayant tous l'ame éprise,
D'Aumont, Chaulnes, Bouflers, Meuse, Tingry, Soubise,
Duras & Luxembourg suivirent Montesson :
Et Vous aussi, D'Ayen, Noailles, Dargenson,
Vous, jeunes Combattans, dont les illustres Pères,
Du secrèt des Conseils, sages Dépositaires,
Le devenant alors, du Trésor de l'Etat,
Ne quittent plus L O U I S, tout le temps du Combat.
On perce enfin le Front de la Colonne horrible ;
Tandis que dans ses Flancs, le Neustrien terrible,
Le ferme Helvétien, Clare, Guerchy, Crillon,
La Couronne, Aubeterre, & Royal, & Biron,
Se font jour avec l'Arme, à Bayonne, inventée ;

Foulent, d'un piéd vainqueur, la Terre enfanglantée,
S'ouvrent mille chemins; & s'y précipitant,
Portent, de toutes parts, la mort, en l'affrontant.
Chimenes & Bellet renverſés, ſe relevent.
Les Drapeaux diſputés, ſe déchirent, s'enlevent.
Tu défendis le tien, jeune Caſtelmoron!
Mais quel Dieu protecteur, nous conſerva Biron?
Fut-il jamais du Ciel, faveur plus ſinguliére?
Sous Biron, cinq Courſiers mordirent la pouſſiére.
Sur le Héros, cinq fois, la Mort leva ſa Faulx;
Et le Monſtre, cinq fois, reſpecta le Héros.
L'Eſcaut voit, en ce jour, mille faits mémorables,
Qui, des Vengeurs d'Hélene, effaceront les Fables:
Et l'Eſcaut, de ce jour, devra plus à LOUIS,
Qu'à tous ces vains Héros, n'a dû le Simoïs.

INDIGNE' que, malgré nos Armes triomphantes,
L'Hydre levât toujours ſes Têtes renaiſſantes,
Digne de ſon grand Nom, le hardi Richelieu,
Nouvel Hercule, au Fer, joint la force du Feu:
Notre Tonnerre éteint, dans ſes mains ſe rallume.
En longs & vains efforts, Albion ſe conſume:

Son Coloſſe ſe briſe ; & ſes Membres épars,
Du Belge qui les ſuit, regagnent les Remparts.
De ces Reſtes enfin, & Chevreuſe, & D'Eſtrées,
Achevant de purger nos heureuſes Contrées,
Laiſſent le doux loiſir, au Vainqueur fatigué,
De recuëillir le prix de ſon ſang prodigué.

NE reſpirant donc plus que Paix & que Juſtice,
LOUIS Victorieux, en embraſſant Maurice,
D'un Monarque attentif, tendre & reconnoiſſant,
Donne à tous ſes Guerriers, le ſpectacle touchant :
Chacun partage, après, ſa noble bienveillance :
L'Humanité ſuccéde enſuite à la Vaillance :
Le ſoin des Malheureux, devenant ſon objet,
L'Ennemi, dans ſon cœur, a les droits du Sujet.

PARMI Ceux dont le ſang coula pour la Patrie,
Sans avoir épuiſé les ſources de la vie,
Tous nos vœux réünis, prix de tes longs travaux,
T'auroient bien dû ſauver, brave & ſage Lutteaux.
Mais le ſort t'appelloit dans la Nuit éternelle.
De nos ſuccès heureux, répans-y la nouvelle !

Revis dans nos regrèts ! Et cependant, joüis
Du calme que tu vas reporter à LOUIS.

Tandis que d'Albion, Tu lui peins la difgrace,
Confus, défefpéré, Mars au fond de la Thrace,
Ne joüit pas de même, en ce trifte féjour,
Du calme qu'à Paphos, a rendu fon retour :
Ses reproches fanglans, fon dépit, & fa rage,
De Pallas, à Vénus, apprenant l'avantage,
Il avoit vû la joie éclater dans fes yeux :
Et ce Dieu menaçant, s'en plaint à tous les Dieux.
Mais la Thrace eft voüée à la fureur des Armes :
Qu'Elle refte à jamais, le Séjour des alarmes ;
Et Cythére, l'Afile & des Jeux, & des Ris.
Sous des feftons d'Oeillets, de Lauriers, & de Lys,
Du Vainqueur d'Albion, la triomphante Image,
Y reçoit, des Amours, & l'encens & l'hommage.
La Gloire eft à des Rois, du Combat revenus,
Ce que fut, fur Ida, la Ceinture, à Vénus :
Elle les rend les Dieux de l'amoureux Empire.
Pour Eux feuls, Vénus même y commande, y refpire.
Cette Gloire, on le fçait, des bords du Tanaïs,
Dans les bras d'Alexandre, amena Thaleftris.

Ainfi

Ainſi donc, pour L O U I S, l'Encens fume à Cythére;
De ſa main, la Déeſſe en brûle la premiére.
Qu'il régne ici, dit-elle; & qu'il ſoit de ma Cour,
Comme du Monde entier, & le Mars, & l'Amour.
Tous les cœurs ont été ſes premiéres conquêtes:
L'Envie avoit, du Nord, amené les Tempêtes;
Sur les Flots mutinés, ſon bras s'eſt étendu:
L'Onde s'eſt applanie; & l'Aquilon s'eſt tû.
Filles de l'Hélicon! que nos mains le couronnent!
Qu'ainſi que mes plaiſirs, les vôtres l'environnent!
Au retour de ce Grand, de cet aimable Roi,
Que ſes délaſſemens ſoient notre unique emploi.
Par un mêlange heureux des Beaux Arts, & des Graces,
Faiſons de nos ennuis, diſparoître les traces!
Et, dès que ſa préſence embellira ces lieux,
Que tout y refleuriſſe, y revive à ſes yeux!

A I N S I parla Vénus. Son ordre ſe publie.
Le Conquérant arrive; & la trouve obéïe.
Le Myrte, ſur ſon front, ſous ſes pas, reverdit.
Il triomphe : on le chante; & la Terre applaudit.

9 782014 068191